À Bocage.

FANTAISIE

PAR

VICTOR D'ARCHES.

PARIS.

GARNIER FRÈRES, ÉDITEURS,

PÉRISTYLE MONTPENSIER.

1842.

A

BOCAGE.

A Bocage.

FANTAISIE

PAR

VICTOR D'ARCHES.

PARIS.

GARNIER FRÈRES, ÉDITEURS,

PÉRISTYLE MONTPENSIER.

1842.

Que mon âme fut triste, et mon front fut penché !
— « Les révolutions, hélas, l'avoient séché. » —
En vain j'ai du passé remué la poussière ;
Le passé fut muet ! — « Dans ta sèche paupière
Un affreux scepticisme éteignoit ton regard. » —
Quoi donc relève l'homme et l'unit à Dieu ? — « L'Art !
« Chaque société par lui se symbolise ;
« Donc l'Art est dans le peuple, et le peuple éternise
« L'Art en le transformant. C'est un désir de feu,
« Une aspiration qui puise au sein de Dieu
« Un flot pur de Beauté dans sa source suprême.
« Combattre cette ardeur, c'est défier Dieu même ! »

I.

Voici ce que disoient nos frères
Quand leurs espérances sombroient;
Quand ils plioient sous leurs misères,
Voici ce que disoient nos frères
Et comme ils se désespéroient.

« — Quand la cité gémit, quand, pauvre travailleuse,
    Elle est lasse d'un pain amer;
Lorsqu'à l'horizon lourd elle cherche, pleureuse,
    La liberté dans un éclair;
Quand de ce qui brilloit tout pâlit et s'efface;
    Quand tout grand citoyen s'en va;
Lorsque la liberté meurt dans l'éclair qui passe,
    Et qu'on insulte à Jéhovah;
Lorsqu'on ne parle plus que de vainqueurs ou maîtres,
    Que de travailleurs ou vaincus,
Et qu'entre les deux camps on s'échange des traîtres
    Pour nous asservir encor plus,

Alors le dégoût vient. Toute pensée austère
    Ne marche plus le front levé
Et des libres penseurs la voix haute et sévère
    Ne sonne plus sur le pavé.
C'est Babel ! c'est le bruit confus des cris sans nombre,
    Des dents sans pain, des pleurs de sang,
Des pâles citoyens traînant dans la nuit sombre
    La discorde civile au flanc.
Puis des morts qu'on mutile !... Aux vaincus qu'on outrage
    Dans leur prison au sein des mers,
A la longue agonie expiant le courage,
    On répond par un bruit de fers !
Ah ! dans ces jours de honte et morne déchéance,
    Quand aux affronts on est livré,
Quand tout valet nous raille, et que ton peuple, ô France,
    Ressemble au cyclope enivré,
Demandez au premier qui marche dans la rue :
    « Avez-vous vu la liberté ?
« Devons-nous aujourd'hui fêter sa bienvenue ?... »
    Avec un sourire hébété,
L'hypocrite, fermant sa porte, vous regarde,
    Les doigts crispés sur des gros sous
Dont il montre l'exergue et vous répond : Dieu garde
    La France ! — Ayez pitié de nous,

⁂

II.

Vous qui ne tenez plus la France sous vos ailes ;
Mon Dieu ! qui la voyez en luttes éternelles

Dépenser sa vigueur ; aux pierres du chemin
Vous laissez trébucher le pauvre genre humain.
Il sembloit, dans la nue hier portant sa tète,
Ravir la loi du ciel au sein de la tempête ;
Il ne peut aujourd'hui, le peuple, ni tenir
Dans sa main, ni montrer au monde l'avenir !
Mon Dieu ! (s'il est un Dieu vengeur !) c'est bien un crime,
N'est-ce pas, d'endormir le peuple sur l'abîme ?
Sois donc la fleur des mers, abri des alcyons,
Peuple ! sois le canot sauveur des nations !
N'entends-tu pas au loin une étrange harmonie,
Un concert effrayant, désespoir d'agonie !
Peuple, réveille-toi ! Peuple, n'entends-tu pas ?
Tes frères sur l'écueil t'invoquent ! leur trépas
T'environne ! Debout ! — Si tu dors dans l'orage
Comme un pâtre oublieux assis sur le rivage,
Indigne alors d'avoir des fils libérateurs,
Dans ton sommeil stupide endors-toi, peuple, et meurs ! »—

> Voilà ce que disoient nos frères
> Quand leurs espérances sombroient ;
> Las du fardeau de leurs misères,
> Voilà ce que disoient nos frères
> Et comme ils se désespéroient.

III.

Non, non, tu ne dors pas, ô mon peuple ! Tes sages
Ont pâli. Tu n'as pas voulu

Laisser gronder en toi le plus grand des naufrages,
    ·Le naufrage de la vertu.
Non tu n'as pas permis, dans ta grande tristesse,
    Que l'orgueil en toi refroidît
Ton vieux cœur de croyant; leur superbe s'affaisse
    Quand ton espérance grandit.
Tes heures de sommeil, peuple, sont solennelles;
    Tu souffres et ne te plains pas;
Chrysalide inactive, en repliant tes ailes
    Murmure des rêves tout bas;
Avec la nuit voilà le mal, voilà la haine,
    Dors! pour les oublier au jour;
Amoncèle en trésors dans ton âme sereine
    Assez de prière et d'amour;
Dors encor; à tous ceux qui te font mal, pardonne :
    Dieu les punira. Prie encor!
La prière de force et de pardon rayonne,
    La prière a des larmes d'or;
Va, ce sont tes parfums, tes vertus, ta lumière,
    L'or pur éprouvé par le feu;
C'est ton aumône enfin : larmes, pardon, prière,
    Ces trois voix qui viennent de Dieu.

IV.

Non! non! tu ne dors pas. De ton âme oublieuse,
— Comme une Italienne et comme une amoureuse,

Sur le bord de la rive étendue au soleil, —
Le flot n'est pas joyeux, le flot n'est pas vermeil.
Car toujours un murmure élevé de son onde
Gémit incessamment sur l'océan du monde;
Car chaque flot oscille et se plaint emporté
Par le flot qui le suit vers son éternité;
Car ta voix pacifique, indolente, infinie,
N'en déroule pas moins une étrange harmonie :
Étrange!... qui dira ce qu'en s'élargissant
Peut devenir enfin son verbe menaçant?
Car c'est l'esprit de Dieu qui l'élève ou l'abaisse,
En anime la plainte ou berce la tristesse,
Et son souffle y mêlant la force et la beauté
Sous ce calme apparent conduit l'humanité.

V.

Oh! non, tu ne dors pas. Oh! non, si rien ne reste
De ta simplicité primitive et céleste;
Oh! si ta grande voix pour être belle encor
Dans l'abîme du cœur trouve des filons d'or;
Si des méchants ont cru que ta foi s'est éteinte;
Si sur la vie humaine ils jettent cette teinte
Sombre qui nous la rend, sous l'écume qu'ils font,
Ternie à la surface et dégoûtante au fond;
Va! s'ils t'ont défendu de vivre par la tête;
Si par eux ta foi souffre une horrible tempête,

Il ne restera rien de ce drame effrayant
Que le Rire pour eux, le Rire de Satan,
Le rire du vaincu dans sa lutte fatale; —
Mais les rayonnements de grandeur idéale,
Les divines clartés, les aspirations
De lumière infinie, et tant de visions
De ce type éternel de beauté simple et pure
Que réfléchit ton âme, Humaine Créature,
A toi! — Dieu fit ton cœur d'un rayon de beauté,
Magnifique reflet de sa divinité;
Vierge éternellement, chaque fois qu'une race
Haletante, parcourt dans sa marche une phase
Des révolutions qu'elle doit accomplir,
Et qu'elle entrevoit comme un rêve d'avenir,
C'est qu'elle se transforme et désire une autre ère;
Elle est comme l'enfant : c'est au sein de sa mère,
Pour se vivifier, qu'elle cherche le feu;
Elle monte, elle monte au vaste sein de Dieu
Pour s'y désaltérer, pour y puiser la vie,
S'y plonger, pénétrer sa secrète énergie,
S'y dilater sans fin, et pour se couronner
D'une forme du Beau qui puisse rayonner.

VI.

Et quand l'humanité s'incarne dans un homme,
De quelque nom obscur que, poète, il se nomme,

Dès qu'il résume en lui, qu'il exprime au dehors
Un développement de l'homme en ses rapports
Avec l'homme, avec Dieu, d'où surgisse un grand drame,
Qu'à son souffle puissant les abîmes de l'âme
Dévoilent leur richesse, alors, dans sa splendeur,
Le génie est divin, l'artiste est créateur.

VII.

Poésie ! ô travail ! ô grande voix du monde !
O voix mystérieuse, incessante et profonde !
Travail de l'Univers qui s'élève vers Dieu !
Éternelle tendance ! arche immense de feu !
Poésie ! union de l'homme avec Dieu même ;
Sainte émanation de la Beauté suprême,
Pourquoi ne s'est-il pas encor manifesté
Parmi nous d'une humaine et plus pure beauté
Quelque révélateur, dont le verbe de vie,
Dévoilant ta splendeur dans sa triple harmonie,
Réalise le Bien résolu dans le Vrai ?...

Quand apparaîtra donc ce poète sacré ?

Non, vous ne voyez rien dans cette heure où nous sommes
A l'évolution des choses et des hommes ;
Non, vous ne voyez pas sous un aspect nouveau
Poindre à notre horizon quelques lueurs du Beau.

Dormez, dormez toujours, vous qui niez l'aurore ;
Votre âme dans la nuit est pour longtemps encore ;
Pour vous l'heure est sombre où, du Beau, travail obscur,
Cette société cherche un type futur.
Vous sur qui ne luit pas le jour du sanctuaire,
Qui cherchez loin du temple un divin exemplaire,
Qui vivez comme à part dans la création,
Et qui n'en avez pas d'exacte notion, —
Ce monde qui pour vous végète sans merveille,
Pauvres esprits humains, dans vos œuvres sommeille ;
Du Vrai, du Bien, du Beau, nul n'est plus inspiré,
Et l'Art entre vos mains n'a qu'un type altéré.
— Ce que Dieu fit est bien : n'est-il pas le modèle
De la création, œuvre qui le recèle ?
L'Univers n'est-il pas, en sa variété,
Reproduit par l'artiste ou Dieu s'est reflété ?
C'est l'Art. Et le poète ici-bas continue
L'œuvre du Créateur. Mais la forme déchue,
L'orgueil, la passion, type glacé du mal,
Ne manifeste rien du Beau primordial,
C'est votre forme, à vous ! sa laideur incarnée
Vous serre et vous roidit, froide et désordonnée.
Que cette heure est confuse où vous êtes ! l'espoir
A glissé de votre âme : et le mal, serpent noir,
Vous saisit. Tout s'ébranle, et faibles pour l'étreinte
Vous avez tous crié : La lumière est éteinte !

VIII.

Non, non, pas de repos ! pas de molle langueur !
Allons, laborieux ! la suave lueur
Qui vient dorer vos fronts comme un reflet antique
Et reluire, ondoyant comme une huile homérique,
Ne doit point assoupir vos membres vigoureux.
Pourquoi vous enivrer de chants mélodieux :
Devez-vous, beaux enfants de Rome ou de la Grèce,
Vous endormir au sein d'une innocente ivresse ?
Pouvez-vous, couronnés de quelques épis d'or,
Chanter la volupté de l'âme vierge encor ?
Dans chaque voix qui meurt, languissante et lascive,
Entendez-vous gémir, comme un flot sur la rive,
Un regret à la vie, une larme à l'amour,
Un soupir onduleux du cygne au soir d'un jour ?
Est-ce que la beauté rieuse et vagabonde
De vermeille pudeur pare sa tête blonde ?
Chacun peut-il chanter des hymnes à Cérès ;
La génisse à chacun offre-t-elle à longs traits,
Joyeuse et mugissant, sa féconde mamelle ?
Voyez-vous respirer la joie universelle ?
Entendez-vous la flûte interroger toujours
L'Écho seul confident des heureuses amours,
Et répéter le nom, le nom si fait pour plaire
Du jeune et beau Mnazile à la blanche Néère ?

IX.

Devez-vous, imitant d'autres temps, d'autres lieux,
Moduler des soupirs aussi mélodieux?
Faut-il se couronner de roses; voir sa vie
Comme un flot de bonheur se bercer, et ravie
S'écouler; s'endormir dans un présent d'azur;
Cygne, abattre son vol sur Mantoue ou Tibur;
N'être plus rien, de tout ce qui sent et respire,
Qu'un faible écho qui chante, ou gémisse, ou désire;
Devenir oublieux du grand travail humain
Comme si le présent étoit sans lendemain?

X.

Elle n'est plus, la Grèce! et la douce Italie
 Ne conduit plus l'humanité!
Sentez, leur cœur est froid. Voyez leur front qui plie
 Sous une triple antiquité.
Mais au passé puisez une étude profonde;
 Le passé féconde le champ

Où grandit l'avenir; en s'éteignant, un monde
    N'a pas de stérile couchant.
Toute forme du beau qui périt d'elle-même
    Laisse un type matériel,
Et le rayon distrait de la Beauté suprême
    Remonte au foyer éternel.
A l'œuvre ! à l'œuvre donc, les enfants du génie,
    Les artistes laborieux !
Au cœur du genre humain abonde l'énergie ;
    Demain sera plus radieux.
Suivez l'ascension des choses et des hommes,
    Saisissez-en le sens profond.
Au spectacle inoui de l'attente où nous sommes
    Ouvrez les yeux. Frappéz du front
Les entrailles du monde. Ah ! la vie y palpite
    Dans ce sein toujours rajeuni
Qui puise incessamment, — tant la sève y bat vite, —
    Jusqu'aux sources de l'infini.

XI.

Donc, pas de déchéance. En face de l'attente,
    A la veille d'un jour serein,
Quand l'aube dans nos cœurs se lève rayonnante,
    Que fait l'artiste souverain ?
Lorsque dans l'avenir, où la douleur se noie,
    Notre âme cherche à s'abriter,

Qu'au fond du présent brille une lueur de joie
　　Dont on veut nous désenchanter,
L'artiste est-il prophète ? a-t-il des cris dans l'âme ?
　　Bocage ! — O triomphe ! ô beauté !
Être l'écho sublime, être acteur d'un grand drame
　　Où s'agite l'humanité ;
Être l'âme où se fond l'âme d'un peuple ; l'homme
　　Où bouillonne un peuple géant ;
Être la mer qui monte, ou le feu qui bout, comme
　　Dans les entrailles du volcan ;
Être ce qui se meut ; être ce qui respire ;
　　Être l'interprète sacré
Des beaux épanchements de la foule ; la lyre
　　Qui chante un accord ignoré,
L'accord pur et sublime où l'humanité même
　　Exhale de longues douleurs,
Où la société resplendit elle-même
　　Dans ses plus chastes profondeurs ;

XII.

Alors, ô sainteté du culte ! la paupière
Languissamment aspire au rayon de lumière,
Et sur ce rayon d'or balancé sur les yeux
L'âme veut pénétrer dans le secret des cieux ;
Alors, l'avez-vous vue, ô merveille, enchâssée
Comme un beau diamant dans l'or de la pensée ;

Alors, votre regard, ici redescendu
A-t-il de la Beauté vu l'exemplaire? vu
Le glorieux symbole et le divin mystère
Qui doit servir de type aux œuvres de la terre?
Avez-vous, — ô Bocage, artiste aimé, dont l'art
Dans sa forme altérée a blessé le regard, —
Avez-vous vu briller, délicieuse et belle,
Sur les lèvres de Dieu cette étoile nouvelle,
Dont la fraîcheur suave et la chaste lueur,
Douce attente! viendra rajeunir notre cœur?
— Mais ne vous prend-il pas de ces heures si tristes
Où tombent les ennuis dans le cœur des artistes;
Mais, la tête penchée, et le genou ployé,
N'allez-vous pas aussi vous écrier : pitié!
— Un homme s'est levé dans nos cieux sans étoiles;
Il parut radieux en soulever les voiles;
Insensé, sur le bord du fleuve où nous passions
Il gourmanda le flot des révolutions,
Sans comprendre de Dieu la sagesse profonde
Qui dans un grand combat renouvela le monde;
Et que dans cette route inconnue à nos yeux
Le peuple a, pour marcher, un doigt mystérieux!
Sa voix pleine d'accords avait tant d'harmonie
Que le siècle étonné salua ce génie :
Telle, en des nuits d'été, la fille des pêcheurs
De l'aurore naissante épiant les lueurs,
(Du faux jour du matin son attente déçue,)
Plonge dans le lointain qui s'échappe à sa vue
Un de ces longs regards d'indicible langueur
Où l'âme se suspend et s'empreint de pâleur,
Laisse, avec un soupir, — espérance dernière, —
Une larme tremblante au bord de la paupière,
Et mêle, aux bruits qui vont au devant des canots,
Ses battements de cœur prolongés sur les flots!

— Telle l'humanité dans cette nuit d'attente
Croyant voir luire l'aube alloit plier sa tente
Et marcher. Mais, hélas ! vain réveil et vain bruit,
Ce sont les brisements de l'éclair dans la nuit...
La chute d'une étoile... — Au fond des cieux sans nombre,
Où rien n'est plus du ciel, où tout n'est plus que l'ombre,
Avez-vous vu briller, formidable et géant,
Un météore au fond de l'abîme béant ?
Avez-vous entendu cette voix qui soupire,
Hymne superbe, écho de la céleste lyre ?
Ah ! ce soupir tombé que l'on écoute encor
De l'ange ténébreux est comme un verbe mort !
Ah ! ce joyau pâli qui semble encor céleste
De la beauté déchue est la forme funeste !
Le monde, s'éveillant à la voix qui bruyoit,
Prit pour le jour divin le flambeau qui brilloit.
Mais, pour nous entraîner dans ses routes fatales,
Il faudroit à Satan des forces colossales.
Vanité ! courte erreur ! voyez, le genre humain
A détourné la tête et le laisse en chemin.
Nous, marchons ! nous avons notre large épopée
Qu'un peuple de géants tailla d'un coup d'épée ;
Notre société renouvela soudain
Tous les modes divers du grand travail humain.
Pas de halte ! en avant, têtes laborieuses !
Votre cœur de chansons encor mystérieuses
Bondit. C'est l'heure, enfants, car l'aube va venir !
L'aube, l'aube nouvelle au front de l'avenir !
L'humanité qui souffre a besoin de vos hymnes
Pour son inquiétude et ses douleurs sublimes.
Chantez ! — mais n'allez pas sur le peuple à genoux
Lancer le désespoir ! Dans vos chants les plus doux
Versez l'oubli du mal, le pardon du blasphème !

Enfans, la voix du peuple est la voix de Dieu même !

XIII.

Loin du peuple ils ont cru trouver la vie. — Effort
Sous lequel ils se sont écrasés tous ! La mort
Leur a répondu seule ; et ta voix, ô Bocage !
Ta voix qui domina le tumulte et l'orage,
Ta grande voix qu'on aime et qui seule a resté
Pour nous parler encor de vieille probité,
Ta voix peut répéter quel silence et quel vide
S'est ouvert sous leurs pas à leur parole aride !
Le présent les dévore ! hélas ! je cherche en vain
Celui que j'aimois tant comme chanteur divin,
Celui dont je ne puis pardonner l'hérésie,
Celui qui put tracer cette parole impie :
« Tant qu'on voudra du sang, on n'aura pas de droits. »
Il a vite oublié la voix, la grande voix
Du peuple généreux ; et l'Ange des ténèbres
A gémi dans son sein par des accords funèbres ;
Il a penché son âme et s'est mis à pleurer,
Sans crier vers le Ciel et sans plus espérer ;
Il a dit : c'est la nuit ! lorsque l'aube sereine
Va blanchir, et dorer la destinée humaine ;
Sa bouche a proféré les plus sombres clameurs ;
L'esprit de Dieu dit : Vis ! il a répondu, meurs !
Regarde, ô mon Bocage, et gémissons ; — il doute !
Car c'est vers le couchant qu'il a cherché sa route ;
Un Crépuscule épais sur son cœur s'est bercé ;
Effort douloureux ! vois ; comme il s'est affaissé,
Vois ; chaque fois qu'un cri s'échappe de sa bouche
On dirait que la mort de son aile le touche ;

Et son verbe impuissant n'émeut plus aujourd'hui
Les générations qui passent avec lui ;
C'est qu'il a méconnu la divine énergie
Que recèle le peuple, et qu'au lien de sa vie,
De sa sève, il n'a peint et prédit que son mal ;
Il l'a voué, sceptique, à son destin fatal ;
Dans son abaissement il l'a roulé ; son hymne
De tant de passions avait ouvert l'abîme,
Qu'étonnée un instant, notre société
Put se plaire et se voir à ce mauvais côté.
Mais le peuple a passé : sa justice, ô Bocage !
A souri de pitié : le Peuple, artiste, est sage ;
Il n'a plus salué l'éclair pour le flambeau !
— Ah ! mon poète aimé, que vous étiez plus beau
Lorsque les yeux frappés de lumière infinie
Vous avez épanché votre sainte harmonie !
Comme vous, nous avons plié les deux genoux
Quand vous avez chanté *la Prière pour tous.*
Jamais, jamais l'orgueil n'abaissa sa paupière
Majestueusement comme en cette prière,
Là, brille dans son vol une pure beauté,
C'est un drame où, tremblant, gémit l'humanité !

XIV.

Si vous ne pouvez pas entendre le tumulte
Que font les générations ;

Faut-il, si, dans vos cœurs ne renaît pas un culte,
    Désespérer des nations?
Non! c'est avec effort qu'un volcan tient ses laves!
    — Mais il passe un souffle de feu.....
Mais elle a tressailli la terre des esclaves,
    Réveillée à la voix de Dieu!...
Le peuple a remué : malgré votre cynisme,
    Vous ne pourrez l'abâtardir;
En vain vous prêterez des chants au despotisme
    Pour le corrompre et le flétrir;
Non! vous ne ferez pas qu'il se courbe et s'efface
    Devant la loi du souverain,
Et que le crétinisme absorbant notre race
    Éteigne l'art contemporain.
Le dogme social dont l'Art est le symbole
    S'élargira, s'élancera,
Et du souffle fécond d'une neuve parole
    Un type nouveau sortira.
N'est-il pas vrai? voyez : un regard de justice
    Condamne vos énormités;
Vous n'avez ni vertu, ni bien, ni mal, ni vice,
    Et vos travaux sont détestés.
C'est que de son bon sens le peuple a conscience;
    Muet, il sent son cœur saigner;
Mais il rit des efforts faits contre sa croyance;
    Il sait haïr et s'indigner,
Il aime ta parole, il sait, ô mon Bocage!
    Que tu ne prêtes pas ta voix
Pour nous représenter la douloureuse image
    Du peuple sali tant de fois;
Que loin de te vautrer, artisan de débauche,
    Dans la corruption du jour,
Tu nous gardes, au sein du vice qu'on ébauche,
    Ton respect, ta voix, ton amour.

XV.

Ainsi donc dans le trouble et l'attente où nous sommes,
Dans cet abaissement où s'abîment des hommes,
Où la société se replonge et s'endort
Comme en un calme plat qui ressemble à la mort ;
Quand la tête s'égare, et qu'en nous toute vie
Sociale n'est plus qu'une flamme appauvrie,
— Spectacle lamentable, il est vrai, — mais au fond
Quelle majesté calme et quel amour profond !
Quel sentiment exquis d'égalité de frères
Tombe pieusement de nos lèvres sévères,
Montre, confuse encor, la trace du chemin
Qu'inquiet et souffrant cherche le genre humain.
— Ainsi de l'Art, Bocage, en sa marche ascendante ;
Tout effort grandira ; car la lutte est ardente,
Car d'un côté la honte écrase le présent,
Et veut passer sur tout son niveau flétrissant.
Mais, en bas, nous sentons la chaleur, la croyance :
Le peuple par le cœur et par l'intelligence
Vit encore ; et l'esprit de Dieu luit de nouveau ;
On voit poindre déjà quelques lueurs du Beau ;
Éclairons-nous, Bocage, aux rayons qu'il projète ;
L'avenir en suspens en attend le prophète !

SAINT-DENIS. — IMPRIMERIE DE PREVOT ET DROUARD.

www.ingramcontent.com/pod-product-compliance
Ingram Content Group UK Ltd.
Pitfield, Milton Keynes, MK11 3LW, UK
UKHW020002130726
13694UKWH00005B/2029